LES
BOUQUETS DE NOCE,
OU
LES DEUX BOUQUETIERES,

DIALOGUE

Sur le Mariage de Monseigneur Louis-Auguste, Dauphin de France,

AVEC

S. A. R. Madame Marie-Antoinette, Archiduchesse d'Autriche.

PAR M. ROSSEL.

A PARIS,

Chez {
Michel Lambert, Imprimeur-Libraire, rue de la Harpe.
Delalain, Libraire, rue & à côté de la Comédie Françoise.

M. DCC. LXX.

LES
BOUQUETS DE NOCE,

O U

LES DEUX BOUQUETIERES,

DIALOGUE.

Mademoiselle GERMONT,

Voici, ma chere Lucile, une belle occasion qui se présente pour tirer parti de nos bouquets. Il faut savoir profiter des circonstances. Au lieu de nous amuser à aller crier nos fleurs par les rues de Paris, je suis d'avis que nous les réservions toutes pour le mariage de Monseigneur le Dauphin, & que nous les portions à la Cour. Tu verras quel débit nous en aurons.

A ij

Mlle. L u c i l e.

Ah! si nous en vendions à tous les gens de la Nôce, il nous faudroit des bouquets pour toute la France ; car quand on marie un de nos Princes, & sur-tout un Dauphin, il n'y a pas un seul Français qui ne se regarde comme de la fête.

Mlle G e r m o n t.

J'entends bien ; mais nous n'en donnerons qu'aux Princes & Princesses de France & d'Autriche. Si nous voulions en faire pour tous ceux & celles qui se trouveront à la fête, & qui en mériteroient aussi, nous ne pourrions jamais y suffire.

Mlle L u c i l e.

Ton projet est bien beau. Ah! que je serois aise s'il réussissoit! Ton frère n'en seroit pas fâché non plus, à ce que je crois. Tu sais qu'il y a long-tems qu'il me fait la cour. Si je faisois fortune, cela pourroit nous arranger aussi pour notre mariage. Mais j'ai bien peur que nous ne nous flattions. Tous ces Princes & Princesses daigneront-ils associer nos misérables fleurs à tout l'or & à tous les bijoux qui brilleront sur leurs habits ?

Mlle Germont.

Vas, vas, la belle nature plaît toujours, &
une fleur ne dépare pas l'habit le plus riche.
Mais je ne t'ai pas encore dit tout le fin de mon
invention. Ecoute, pour faire mieux valoir nos
bouquets, je prétends les accompagner d'un
petit compliment pour chaque Prince & chaque
Princesse, auxquels nous en distribuerons. C'est
là le beau de l'affaire, & c'est ici qu'il faut que
notre tête travaille autant que nos mains.

Mlle Lucile.

Oh! voici bien une autre histoire. Tu rêves
sans doute. Et comment veux-tu que nous nous
tirions de tous ces complimens?

Mlle Germont.

Tu ne te souviens donc plus des jolis vers
que mon frère t'a faits?

Mlle Lucile.

Pour cela si je m'en souviens! Ce font eux
qui m'ont tourné la tête.

Mlle Germont.

Hé bien, c'est lui qui nous composera nos
complimens pour chaque bouquet. Il a sauté

en l'air de joie, quand je lui ai eu communiqué mon projet. Il ne demande qu'à faire des vers, C'eſt ſa ſeule paſſion, après toi pourtant, s'il en reſte.

Mlle L u c i l e.

Ah! que tu es charmante, ma chère Germont! je n'aurois jamais imaginé cela.

Mlle G e r m o n t.

Et mon frère, tout poëte qu'il eſt, n'y penſoit pas non plus. Vous autres amoureux, vous ne ſongez à rien. Je lui ai donné rendez-vous ici, & le voilà qui entre.

Monſieur G e r m o n t.

Bon jour, Meſdemoiſelles, avez-vous bonne proviſion de fleurs?

Mlle G e r m o n t.

Nous en avons plus que tu ne pourras nous faire de complimens.

M. G e r m o n t.

Voyez un peu la belle pointe! tu crois apparemment, ma fœur, qu'on fait un compliment comme on cueille une roſe.

Mlle L u c i l e.

Pourquoi pas, Monſieur Germont, quand

On fait des vers auſſi facilement que vous, &
qu'on a autant d'eſprit ?

M. Germont.

Belle Lucile, vous êtes trop honnête. Il eſt
vrai que les vers ne coûtent rien quand on les
fait pour vous. Le ſujet eſt ſi fertile & ſi beau.

Mlle Germont.

Trêve à vos complimens ; ce n'eſt pas pour
vous dire mutuellement des gentilleſſes que je
vous ai raſſemblés ici, nous avons autre choſe
qui preſſe davantage. T'es-tu muni d'encre, de
plume, de papier ?

M. Germont.

J'ai tout ce qu'il faut, & par-deſſus le mar-
ché, je viens de me régaler d'une bonne taſſe
de caffé pour échauffer ma verve. Le caffé eſt
mon hippocrène.

Mlle Germont.

Allons donc, commençons par arranger le
bouquet de Madame la Dauphine. La politeſſe
veut qu'on commence par elle, il faut toujours
faire honneur aux étrangers.

Mlle Lucile.

Aux étrangers ? Regarderois-tu encore cette

Princeſſe comme étrangère ? Ce terme doit être banni déſormais entre les deux Nations. Nous ſommes tous Autrichiens, tous Impériaux, tous Français, tous amis, tous heureux. Tiens, dans les tranſports de ma joie, je ſerois fille à ſauter au cou du premier Allemand que je trouverai dans Paris pour l'embraſſer de tout mon cœur, & je gagerois que toutes les jolies Allemandes en feront autant à tous les Français qu'elles rencontreront à Vienne.

M. GERMONT.

Prenez que je ſuis Allemand, Mademoiſelle.

Mlle LUCILE.

Vas, je le veux bien, — c'eſt pour t'encourager au moins.

Mlle GERMONT.

Si après cela tu ne nous fais pas les plus beaux complimens du monde, je te renie pour mon frère, je te regarderai comme un mauvais poëte, & je dirai à Lucile de faire un autre amoureux.

M. GERMONT.

Que de menaces, ma ſœur ! Voyons donc quelles fleurs vous préſenterez à Madame la Dauphine, puiſque vous voulez commencer par elle.

Mlle GERMONT.

Oui affurément nous commencerons par elle.
N'eft-elle pas la Reine de la fête ? Et de plus
n'avons-nous pas l'honneur de notre fexe à foutenir ?

Mlle LUCILE.

Je regarde dans cette corbeille, & il me femble voir toutes ces fleurs s'animer & treffaillir.
Vous diriez qu'elles nous demandent toutes une
place dans le bouquet de cette Princeffe.

M. GERMONT.

Je n'en vois pourtant qu'une qui doive la
flatter de préférence. C'eft ce beau Lis, c'eft le
Roi des fleurs. Elle y reconnoîtra tout d'un coup
l'image de fon augufte Epoux.

Mlle LUCILE.

Je gagerois que vous avez déjà quelque pen-
fée là-deffus.

M. GERMONT.

Vous l'avez deviné, chère Lucile, & le compliment eft fait. Je vous dirai même que la plupart des autres font auffi déjà arrangés dans ma
tête, & que je n'ai plus guère qu'à les écrire.
Depuis hier au foir que ma fœur m'a fait part

de ſon projet, je n'ai penſé qu'à cela, & je n'ai
pas fermé la paupière. Ecoutez, pour voir ſi
vous ſerez contentes.

B O U Q U E T

A. S. R. Madame MARIE-ANTOINETTE, Ar-
chiducheſſe d'Autriche, Dauphine de France.

U N L I S.

Ce Lis charmant, jeune Dauphine,
D'orner votre beau ſein ſemble ſe réjouir.
Pour vous Flore & l'Amour l'ont fait épanouir ;
Et la France vous le deſtine.
Son port, ſa grace, ſa fraîcheur,
Des traits de votre Epoux ſont la vive peinture ;
Sa blancheur éclatante & pure
De vos futurs Sujets retrace la candeur.

Mlle G E R M O N T.

Cela eſt bien débuté, mon frère, pourvu que
tu continues ſur le même ton.

M. G E R M O N T,

J'y tâcherai.

Mlle L U C I L E.

Allez-le vîte écrire, Monſieur Germont.

M. G E R M O N T.

En attendant, Lucile, cherchez dans ce panier la plus belle rofe que vous pourrez trouver. Ce fera pour Monfeigneur le Dauphin. Vous me laifferez bien le choix des fleurs, j'efpère.

(*Il paffe dans un cabinet où il y a une table à écrire.*)

Mlle LUCILE.

Nous nous en rapporterons à vous pour tout. N'êtes-vous pas notre oracle?

Mlle GERMONT,

En voici une fuperbe. Voyons un peu ce qu'il nous dira là-deffus. (*En élevant la voix*) Mon frère, nous avons une rofe charmante.

M. GERMONT,

Attends un moment, car j'écris en même tems le compliment du Dauphin. — Tenez, le voici.

BOUQUET

A Monfeigneur LOUIS-AUGUSTE, Dauphin de France.

UNE ROSE.

Pour Bouquet, Monfeigneur, agréez cette Rofe.
    Elle vient d'un climat lointain;
    Et c'eft pour vous qu'elle eft éclofe.
Vous la cultiverez de votre augufte main.

Chaque jour à vos yeux elle fera connoître
De graces & d'appas quelque nouveau tréfor.
Les tendres Rejettons que vous en verrez naître
Vous la feront trouver cent fois plus belle encor.

Mlle Lucile.

Ah! que je vous trouve aimable, Monfieur
Germont! Si vous vouliez nous dire à préfent
celui du Roi, car je fuis fûre que vous l'avez
déjà fait.

M. Germont.

Cela eft vrai, & c'eft par le Roi que j'avois
commencé; mais vous autres Dames, vous
avez le privilége de paffer par-deffus l'étiquette.

Mlle Germont.

On nous pardonnera d'y manquer. L'excès
de la joie ne connoît point le cérémonial. J'aurois voulu auparavant que tu nous diffes quel
bouquet nous donnerons à la Reine de Hongrie; nous le préparerions tandis que tu nous
réciterois tes vers. Le Roi eft affez galant pour
fouffrir que cette Reine paffe devant lui.

M. Germont.

Tu veux toujours foutenir l'honneur de ton
fexe.

DIALOGUE.

Mlle GERMONT.

Comme de raison.

M. GERMONT.

Hé bien, tu n'as qu'à chercher là-dedans une branche de Lilas.

Mlle LUCILE.

Mais que pouvez-vous dire fur une branche de Lilas ?

M. GERMONT.

Vous l'allez voir.

BOUQUET

A MARIE-THÉRÈSE, Impératrice Douairière, Reine de Hongrie.

UNE BRANCHE DE LILAS.

Ce Lilas élevé fur une tige altière
Au Parterre fleuri femble donner des loix.
    Les fleurs fur l'herbe printannière
    De Reines exercent les droits,
Vous êtes le Lilas, vous commandez aux Rois.
Vos Enfans font les fleurs, nous la fimple fougère.
Cybèle ainfi voyoit fa famille en tous lieux
    Fonder mille & mille Royaumes.
    Ses Enfans régnoient fur les hommes;
    Mais Elle régnoit fur les Dieux.

Mlle L u c i l e.

Ce compliment me paroît bien juſte & bien naturel. — Voyez, je commence déjà par arranger cette branche de Laurier, parce que je ſuis perſuadée que c’eſt là-deſſus que vous aurez bâti le compliment du Roi.

M. G e r m o n t.

Pardonnez-moi, Lucile, le Laurier ſeroit un lieu trop commun pour le Roi, & je ſuis aſſuré qu’il préférera ce rameau d’Olive, qui eſt le ſymbole de la Paix, à une forêt de Lauriers que vous pourriez lui préſenter.

Mlle G e r m o n t.

Le Laurier pourtant eſt aſſez généralement la paſſion des grands Rois.

M. G e r m o n t.

Oui ; mais les plus grands ſont ceux qui ſacrifient leur noble penchant pour la gloire des armes à l’amour de la paix.

Mlle L u c i l e.

Voyons donc vîte ce compliment, je ſuis impatiente de l’entendre.

M. GERMONT *récite les vers suivans.*

BOUQUET
A LOUIS XV.

UN RAMEAU D'OLIVE.

De la paix vous êtes l'appui,
Sire, l'Europe entière en convient aujourd'hui ;
Auſſi tous les talens, les Arts & le génie,
Enfans aimables de la Paix,
S'empreſſent d'embellir le Royaume Français.
Mais parmi les divers ouvrages
Que le goût étale en ces lieux,
Grand Roi, les monumens les plus chers à nos yeux,
Sont ceux qu'on voit ſur nos rivages
D'un Prince bien-aimé retracer les images.

Je vais ajouter celui-ci aux autres ; préparez toujours un beau Myrte pour l'Empereur, dont le compliment eſt à-peu-près fait auſſi. J'en ai la penſée, & c'eſt une bagatelle quand on n'a plus que les vers à faire.

Mlle GERMONT.

Nous ſommes bien heureuſes que ſa fureur poëtique le tienne aujourd'hui.

Mlle L u c i l e.

Oui ; mais je crains que cela ne lui fatigue trop la tête.

Mlle G e r m o n t.

Au contraire, il eſt dans ſon élément quand il fait des vers. — Tenez, le voilà qui revient déjà , & qui va nous lire le compliment de l'Empereur. — Germont, voici le Myrte que tu nous as demandé.

M. G e r m o n t..

Cela eſt bon , ma ſœur , mets-le à part avec les bouquets qui ſont déjà faits.

Mlle G e r m o n t.

Et le compliment ?

M. G e r m o n t.

Comme tu es vive !

Mlle G e r m o n t.

C'eſt que je ſuis curieuſe de ſavoir ce que tu auras dit ſur ce Myrte.

M. G e r m o n t.

Pour vous faire ſentir l'alluſion de mon compliment, il eſt bon de vous dire que le Myrte eſt l'arbriſſeau conſacré à l'Hymen, & que l'Empereur eſt veuf , & qu'il n'a qu'une fille.

BOUQUET

BOUQUET
À L'EMPEREUR.
UN MYRTE.

Vos Aigles ont volé par toute l'Italie ;
    Portant à vos divers Sujets
    Non la foudre, mais des bienfaits.
Vous avez contenté vos goûts, votre génie :
Mille peuples foumis reçoivent votre loi ;
    Mais ce Myrte & votre voyage
    Vous feront fouvenir, je gage ;
    Qu'aux Romains vous devez un Roi.

Mlle LUCILE.

Que d'obligations nous allons vous avoir,
M. Germont ! Chaque compliment augmente
ma reconnoiffance pour vous.

Mlle GERMONT.

Allez, allez, un bon mariage payera toutes
vos dettes.

M. GERMONT.

Seroit-il poffible que Mlle Lucile voulût !..

Mlle GERMONT.

Ne t'occupes pas la tête encore de cela. Nous
parlerons de ton mariage, quand notre befogne

B

fera faite. Je te dirai seulement en attendant que bien loin de t'avoir des obligations, moi, c'est toi qui dois m'en avoir d'infinies.

M. GERMONT.

Comment cela, ma sœur ?

Mlle GERMONT.

Et la gloire qui te reviendra d'avoir célébré tant d'illustres personnages, tu la comptes donc pour rien. Tu ris : vas, vas, je connois les Poëtes & les Auteurs. — As - tu pensé aux frères de Monseigneur le Dauphin ?

M. GERMONT.

Belle demande ! Oui assûrément j'y ai pensé. J'ai fait un compliment pour tous les deux ; ce qui n'empêche pas que vous ne leur présentiez à chacun un bouquet différent.

Mlle LUCILE.

Vous nous laissez donc les maîtresses de ceux-ci ? Oh bien ! voilà une belle branche d'oranger, chargée de pommes d'or, que j'offrirai à Monseigneur le Comte de Provence. Cette province est le pays des oranges.

Mlle GERMONT.

Et moi, voilà un petit bouquet de pensées que je présenterai à Monseigneur le Comte d'Artois.

M. GERMONT.

Et moi, je vais vous dire les vers que vous leur réciterez.

BOUQUET

A Monseigneur LE COMTE DE PROVENCE.

UNE BRANCHE CHARGÉE D'ORANGES.

A Monseigneur LE COMTE D'ARTOIS.

DES PENSÉES.

Du sort d'un frère heureux ne soyez point jaloux;
Quoiqu'à lui seul le Ciel destine la Couronne,
Princes, votre destin n'en sera pas moins doux.
Nos cœurs vous serviront d'autel au lieu de trône;
Les Frères de nos Rois sont des Dieux parmi nous.

Mlle LUCILE.

Cette fois-ci, vous ne faites pas allusion aux bouquets.

M. GERMONT.

On ne sauroit toujours jouer sur les fleurs.

Ces oranges d'ailleurs & ces pensées parlent assez d'elles-mêmes.

Mlle GERMONT.

A ça, puisque tu as songé aux frères, tu n'auras pas sans doute oublié les sœurs, ni les tantes. Leurs complimens sont faits aussi : je le vois à ton air triomphant.

M. GERMONT.

Oui, mais je n'en ai plus de faits après ceux-là.

Mlle GERMONT.

Tu n'en seras pourtant pas encore quitte, mais dis toujours.

M. GERMONT.

BOUQUET

A MADAME,

Et à Madame MARIE-HÉLÈNE, sœurs de Monseigneur le Dauphin.

DU MUGUET.

Tendres & charmantes Princesses,
Croissez, à mille appas joignez mille talens.
Que le Ciel sur vos jeunes ans

Epuife toutes fes largeffes !
Quelque jour vous verrez des peuples pleins d'ardeur
Faire pour vous fur de lointaines plages
Ce qu'aujourd'hui fur fes rivages
La Seine fait pour votre Belle-fœur.

J'ai choifi du Muguet pour ces Princeffes, parce qu'il ne retracera pas mal la candeur & la fraîcheur de leurs jeunes cœurs, & de leurs attraits naiffans. Pour Mefdames, comme elles ne font plus que trois, depuis que Madame Louife eft aux Carmélites, j'ai imaginé que vous ne feriez pas mal de leur offrir ce qu'on préfente aux trois Graces; c'eft-à-dire, une guirlande de fleurs, avec ce compliment.

BOUQUET

A Madame ADÉLAÏDE.
A Madame VICTOIRE.
A Madame SOPHIE.

UNE GUIRLANDE DE FLEURS.

Cheres Princeffes, pour offrande
Agréez en ce jour une fimple guirlande.
Si nous préfentons à la fois
Le même hommage à toutes trois ;
Vous devinez affez quel motif eft le nôtre :
Nos mains du Peintre habile imitent le pinceau.

Les Graces, que l'Amour unit dès le berceau,
Ne vont jamais l'une sans l'autre.

Mlle GERMONT.

Nous allons travailler à la guirlande.... Mais quoi ! Est-ce que tu n'aurois rien fait pour Madame Louise ?

M. GERMONT.

Je ne savois trop s'il me seroit permis d'aller troubler le silence de sa solitude par le bruit d'un compliment.

Mlle GERMONT.

Voyez un peu : ne semble-t-il pas que, parce qu'elle est retirée dans la retraite, elle en prendra moins de part que toute la Cour à la joie publique ? Non, non, elle aura son compliment comme les autres. — Vas mettre sur le papier les trois que tu viens de nous dire, & je te défens de rentrer que celui de Madame Louise ne soit fait. Nous causerons un peu en attendant.

Mlle LUCILE.

Je me réjouis bien, ma bonne amie, d'aller voir à Versailles toutes les magnificences qu'on y prépare pour ce mariage. Cela fera unique. —Ne faites pas attention à ce que nous difons, M. le Poëte. — On dit que tous les jardins feront illuminés fuperbement, que la grande allée fera terminée par un foleil de quatre-vingt pieds de diamètre, & que le nombre des fufées égalera celui des étoiles. Jamais on n'aura rien fait de fi beau pour aucune Dauphine. Cela prouve bien combien ce mariage flatte le Roi & toute la France.

M. G E R M O N T (*élevant la voix*).

Mefdemoifelles, arrangez un bouquet de violettes pour Madame Louife. Il me vient une idée.

Mlle G E R M O N T (*élevant auffi la voix*).

Allons, nous fommes après. — Les Boulevards feront bien brillans auffi. J'ai vu tous les préparatifs qu'on y fait. On s'y promenera là nuit comme en plein jour. M. l'Ambaffadeur d'Efpagne a pris la fuperbe falle de Torré, pour y donner des fêtes au public ; celui de Vienne en a fait bâtir une auprès du Luxembourg pour la même fin. Ce ne fera que réjouiffances par-tout. Mais tu ferois bien étonnée, fi je te difois que c'eft pour toi qu'on fait toutes ces belles chofes-là.

Mlle L U C I L E.

Je fais bien que j'en prendrai ma part comme les autres.

Mlle G E R M O N T.

Ce n'eft pas cela que je veux dire.

M. G E R M O N T (*rentrant dans la chambre*).

Mefdemoifelles , écoutez un peu ceci ; je crois qu'il pourra aller.

B O U Q U E T

A Madame L O U I S E.

D E S   V I O L E T T E S.

Voyez cette humble violette
Sous l'herbe enfevelir fes modeftes appas.
On la voit croître aux champs feulette,
Et dans les vallons les plus bas.
Mais l'odeur qu'elle exhale en fon réduit champêtre
La décèle , & chacun s'empreffe à la chercher.
Votre vertu , comme elle , au jour craint de paroître ;
Mais plus elle aime à fe cacher ,
Et plus elle fe fait connoître.

Mlle GERMONT.

Paffe, voilà ta faute réparée. Je ne t'aurois jamais pardonné fans cela.

Mlle LUCILE.

Ecoutez, M. Germont. Pour ne pas tant vous tuer, nous allons faire un bon gros bouquet de toutes fortes de fleurs. Ce fera pour tous les frères & fœurs de Madame la Dauphine, & vous ne nous compoferez qu'un feul compliment pour tous.

M. GERMONT.

Vous voulez donc, belle Lucile, que j'imite les Anciens, qui fêtoient tous les Dieux de l'Olympe enfemble dans un même Temple, & par une même folemnité. Ces Princes & Princeffes font fi unis entr'eux, que je crois en effet qu'ils ne trouveront pas mauvais qu'on les célèbre tous à la fois dans le même compliment.

Mlle LUCILE.

Allez fonger un peu à cela dans le cabinet. — Et toi, que voulois-tu me dire avec toutes ces magnificences, que tu prétens être faites pour moi ? Me plaifanter fans doute , à ton ordinaire.

Mlle G E R M O N T.

Point du tout. Je voulois te faire entendre qu'il ne tiendroit qu'à toi de profiter de toutes ces belles chofes-là pour célébrer ton mariage a c mon frère. Vos frais de nôce fe trouveront tous faits. Si j'avois un amoureux , je voudrois faifir une auffi belle occafion.

Mlle L u ç i l e.

Tu fais bien que je fuis ma maîtreffe. Je ne demande pas mieux. Tout ce que Germont vient de faire pour nous, achève de me gagner le cœur ; mais que nos bouquets prennent donc.

Mlle G e r m o n t.

Qu'ils prennent ou non, il faut conclure cette affaire-là ; ne fût-ce qu'à caufe de l'époque. N'eft-il pas bien agréable de pouvoir dire un jour qu'on s'eft marié la même année , le même jour que M. le Dauphin ? — Et puis mon deffein eft de me mettre avec vous. Nous ferons le plus joli ménage du monde !

Mlle L U C I L E.

Oh ! je confens à tout , & tu feras toujours
la maîtreffe & la dame.

M. G E R M O N T *revenant.*

J'efpére., chère Lucile, que j'ai ce que vous
defirez. *Il lit.*

B O U Q U E T

A tous les PRINCES ET PRINCESSES , FRÈRES
ET SŒURS de Madame la Dauphine.

UN GROS BOUQUET DE DIVERSES FLEURS.

Famille augufte & chère & de Rois & de Princes ,
Ce bouquet compofé de mille tendres fleurs
    Retrace à vos yeux tous les Cœurs
Que vous rendez heureux dans diverfes Provinces.
Je vous vois la plupart fur des trônes placés ;
    Et quel éclat vous environne !
    Si l'Europe en avoit affez ,
    Chacun de vous auroit une Couronne.
Mais les Dieux autrefois, fans autre ambition ,
Quand ils ne régnoient pas fur l'Onde ou fur la terre,
    Reftoient au féjour du Tonnerre
    Pour former la Cour de Junon.

Mlle G E R M O N T.

Bon , bon , notre befogne avance. Nous ne

t'en demanderons plus que deux , l'un pour le
Prince Charles , & l'autre pour la Princesse
Charlotte.

Mlle L u c i l e.

J'aurois été bien étonnée , fi tu les avois ou-
bliés , toi qui es Lorraine.

Mlle G e r m o n t.

Il eſt vrai que je ſuis Lorraine , mais je n'en
ſuis pas moins auſſi bonne Françoiſe que toi ,
qui es Pariſienne , & je vais , s'il eſt poſſible ,
l'être encore mille fois davantage , depuis que
le ſang de nos Princes monte ſur le trône de
France. Germont, on dit que le Prince Charles
eſt curieux en fleurs; voici une très-belle Tulippe
que je lui deſtine ; c'eſt ce qu'on peut offrir de
mieux à un amateur ; & , qui plus eſt , elle
porte le même nom que la Ville où il fait ſa
réſidence. C'eſt une *Bruxelle.* Vas vîte travailler
là - deſſus. Il ſeroit bien malheureux que tu
fuſſes embarraſſé pour ce bouquet-ci. Si j'étois
Poëte ! . . . .

M. G e r m o n t.

Vous me faites jouer un ſingulier rôle , tou-

jours quitter & reprendre la plume, toujours
aller & revenir de la chambre au cabinet, & du
cabinet à la chambre.

Mlle GERMONT.

Te voilà bien malade. Cela te promène. Et
nous qui ne bougeons pas de dessus nos siéges!
Il faut avoir cœur à l'ouvrage. Vas vîte, tu
devrois déjà avoir fait.

M. GERMONT.

Je vois bien qu'il ne faut pas te faire languir
plus long-tems. Ceci te conviendra-t-il ?

BOUQUET

Au Prince CHARLES, Gouverneur des
Pays-Bas Autrichiens.

UNE TULIPPE.

Cette fleur que ma main à vous offrir s'empresse,
  Est une fleur de vos jardins.
Vous rendez au Brabant les beaux jours de la Grèce ;
Jouissez à jamais de vos heureux destins.
Environné des Arts que votre Cour attire,
Vous coulez tous vos jours dans un repos parfait.
Mais, Prince, votre bras n'en est pas moins tout prêt
A mener au combat les Aigles de l'Empire.

Le Belgique Lion aime & chérit vos loix,
Et du bandeau Royal fans briguer l'avantage,
Vous goûtez les plaifirs du Sage.
Ah ! les Sages font les vrais Rois.

Mlle LUCILE.

Voilà ce que c'eft que Meffieurs les Poëtes ; tout en caufant leur efprit travaille.

Mlle GERMONT.

Allons, courage, mon frère, il n'y a plus que le compliment de la Princeffe Charlotte. Encore un tour de cabinet, & nous ferons au bout de notre entreprife.

M. GERMONT.

Pas tout-à-fait encore, ma fœur.

Mlle LUCILE.

Quoi, eft-ce que vous en feriez encore d'autres ?

M. GERMONT.

Je viendrai vous dire mon idée tout à l'heure.

Mlle LUCILE.

Il eft infatigable.

Mlle GERMONT.

C'eft le plus complaifant garçon que je connoiſſe. Ce n'eſt pas parce que c'eſt mon frère, mais je crois que tu ſeras heureuſe avec lui.

Mlle LUCILE.

Je n'en doute pas. — Mais vois-tu comme il ſe frotte les ſourcils, comme il s'agite ſur ſa chaiſe ? cela me fait peine.

Mlle GERMONT.

Ce ſont là les minauderies ordinaires des Poëtes. Ils ne feroient rien qui vaille, s'ils ne faiſoient des contorſions, & s'ils ne s'arrachoient pas quelques cheveux de la tête en compoſant. Il faut bien que tu t'accoutumes à ces petites manieres-là. Mais voilà qu'il prend la plume. Notre affaire eſt bonne. — Diantre, il écrit bien long-tems cette fois-ci.

M. GERMONT.

Je ſuis reſté un peu plus de tems que je ne comptois : c'eſt qu'au lieu d'un compliment, j'en ai fabriqué trois. Voici d'abord celui de la Princeſſe Charlotte, Abbeſſe de Remi-remont.

BOUQUET

A la Princesse CHARLOTTE.

UNE RENONCULE.

Du trône que vous méritez,
Pour vous dédommager, Princesse,
D'un Chapitre brillant le Ciel vous fit Abbesse;
A la crosse que vous portez
Vous prêtez un éclat extrême;
N'enviez pas d'autres destins;
A nos yeux la houlette même
Seroit un sceptre dans vos mains.

Mlle GERMONT.

Pour qui donc font les deux autres ?

M. GERMONT.

Quoi ! n'en faut-il pas un, ma sœur, pour les deux Nations que le mariage du Dauphin va rendre plus alliées & plus amies que jamais ?

Mlle GERMONT.

Ah ! ah ! C'est très-bien imaginé. Mais quel bouquet leur donnerons-nous ?

M. GERMONT.

Puisque nous avons comparé le Dauphin à un
Lys

lis, & la Dauphine à une rose, il n'y a qu'à faire un bouquet de ces fleurs réunies, & nous leur adresserons les vers suivans :

BOUQUET

Aux deux Nations.

UN LIS ET UNE ROSE ENTRELACÉS.

François, Autrichiens, en ce grand jour de fête,
  Livrez vous aux plus doux transports.
Le Danube enchanté tressaille sur ses bords,
Et de la Seine aussi l'allégresse est complette.
  Si vous fûtes rivaux jadis,
Le Soleil redevient plus pur après l'orage,
  Vous n'en serez que plus amis,
Et de votre union ce bouquet est le gage.

Mlle LUCILE.

Et le troisième, pour qui est-ce ?

M. GERMONT.

Charmante Lucile, ne vous en doutez-vous pas bien? Aurois-je donc pu vous oublier ?

(Il prend des Immortelles dans la corbeille, & les lui présente).

C

BOUQUET.

A Mademoiselle LUCILE.

DES IMMORTELLES.

Ces fleurs font , dit-on , immortelles ,
Le Tems n'efface point l'éclat de leurs couleurs.
Puiffent nos amours mutuelles
Durer auffi long-tems que brilleront ces fleurs !
Mais hélas ! Vous allez , jeune & tendre bergere ,
A la Cour montrer vos attraits !
Je tremble qu'au lieu des bouquets ,
On ne prenne la bouquetiere.
Je crains que ce féjour ne nuife à notre ardeur.
Si vous m'aimez , belle Lucile ,
Laiffez mes vers , vos fleurs dans ce brillant afyle ,
Mais rapportez-moi votre cœur.

Mlle GERMONT.

Voilà qui eft tout-à-fait galant. Hé bien ,
pour te raffurer , mon frère , je t'apprendrai
que le cœur de Lucile eft à toi , & qu'elle con-
fent à te donner fa main. Vous vous, marierez
dès que nous ferons revenues de Verfailles. Je
vous fiance dès ce moment. Votre mariage ne
peut pas manquer d'être heureux , puifqu'il fe
fera à l'ombre de celui de M. le Dauphin. —Te
repens-tu d'avoir eu un peu de complaifance
pour nous ?

M. GERMONT.

Ah , Lucile ! Ah , ma sœur ! Je ne peux vous exprimer ma joie !

Mlle GERMONT.

Tu n'as qu'à aller faire un tour pour te reposer. Pendant ce tems-là nous apprendrons nos complimens. Tu reviendras souper , & nous parlerons plus amplement de ton mariage.

Mlle LUCILE.

M. Germont , venez donc que je vous fleurisse aussi à mon tour. Recevez de ma main cette petite branche de laurier. J'ai oui dire qu'on en couronnoit les Poëtes. Je ne sais pas faire des vers , mais vous devinez bien tout ce que mon cœur voudroit vous dire. — Adieu , à ce soir au moins.

Lu & approuvé ce 15 Mai 1770. LE BRUN.

Vu l'Approb. Permis d'imprimer ce 24 *Mai* 1770.
DE SARTINE.

DE L'IMPRIMERIE DE MICHEL LAMBERT, rue de la Harpe.

9 782014 110975